हिन्द पॉकेट बुक्स

लोकप्रिय बाल गीत

तेजपाल सिंह धामा हिन्दी साहित्यकार एवं सामाजिक कार्यकर्ता हैं। *हमारी विरासत* (शोध-ग्रंथ) इनकी प्रसिद्ध रचना है। इन्होंने हैदराबाद से प्रकाशित *दैनिक स्वतंत्र वार्ता* एवं दिल्ली से प्रकाशित *दैनिक विराट वैभव* एवं *दैनिक वीर अर्जुन* के संपादक विभागों में दशकों तक कार्य किया। उत्तर प्रदेश के बागपत जिले के खेकड़ा शहर में जन्मे तेजपाल सिंह धामा मुख्यतः इतिहास पर लिखने वाले साहित्यकार हैं, जिनकी इतिहास से सम्बन्धित अनेक पुस्तकें छप चुकी हैं। इन्हें अनेक साहित्यिक एवं सामाजिक पुरस्कार प्राप्त हो चुके हैं। शहीदों पर लिखने के कारण इन्हें 2017 में संस्कृति मंत्रालय भारत सरकार ने 'संस्कृति मनीषी' पुरस्कार से सम्मानित किया है। इनके बहुचर्चित उपन्यास *अग्नि की लपटें* पर ही भंसाली प्रोडक्शन की विवादास्पद फिल्म *पद्मावत* का निर्माण हुआ है। इन्होंने कई फिल्मों की पटकथाएँ भी लिखी हैं।

लेखक की अन्य पुस्तकें

- हमारे राष्ट्रीय खेल
- हमारा राष्ट्रीय पुष्प कमल
- हमारा राष्ट्रीय पक्षी मोर
- हमारा राष्ट्रीय गीत
- हमारी राष्ट्रीय संस्कृति वैदिक
- हमारा राष्ट्रीय फल आम
- हमारा राष्ट्रीय चिह्न अशोक चक्र
- हमारा राष्ट्रीय वृक्ष बरगद
- हमारी राष्ट्रीय जलचर डॉल्फिन
- हमारी राष्ट्रीय नदी गंगा
- हमारा राष्ट्रीय ग्रंथ गीता
- हमारे राष्ट्रीय पर्व और दिवस
- हमारे राष्ट्रीय स्मारक
- हमारा राष्ट्रीय ध्वज तिरंगा
- हमारे राष्ट्रीय विरासत स्थल
- हमारी राजभाषा हिन्दी
- हमारे नेशनल पार्क
- हमारे देशभक्ति गीत
- हमारे राष्ट्रीय गीत
- शहीदों के अमर गीत
- महाभारत की कहानियाँ
- पुराणों की कहानियाँ
- रामायण की कहानियाँ
- बेताल पचीसी, दो भागों में
- महापुरुषों का बचपन
- महाराणा प्रताप
- बहादुर बेटी मलाला

सुरुचिपूर्ण एवं प्रेरणादायक सचित्र गीत–संग्रह

लोकप्रिय बाल गीत

तेजपाल सिंह धामा

हिन्द पॉकेट बुक्स
पेंगुइन रैंडम हाउस इम्प्रिंट

हिन्द पॉकेट बुक्स

यूएसए | कनाडा | यूके | आयरलैंड | ऑस्ट्रेलिया | सिंगापुर
न्यू ज़ीलैंड | भारत | दक्षिण अफ्रीका | चीन

हिन्द पॉकेट बुक्स, पेंगुइन रैंडम हाउस ग्रुप ऑफ़ कम्पनीज़ का हिस्सा है,
जिसका पता global.penguinrandomhouse.com पर मिलेगा

पेंगुइन रैंडम हाउस इंडिया प्रा. लि.,
चौथी मंजिल, कैपिटल टावर -1, एम जी रोड,
गुड़गांव 122 002, हरियाणा, भारत

पेंगुइन
रैंडम हाउस
इंडिया

प्रथम हिन्दी संस्करण हिन्द पॉकेट बुक्स द्वारा 2014 में प्रकाशित
यह हिन्दी संस्करण हिन्द पॉकेट बुक्स में पेंगुइन रैंडम हाउस द्वारा 2022 में प्रकाशित

10 9 8 7 6 5 4 3 2

इस पुस्तक में व्यक्त विचार लेखक के अपने हैं, जिनका यथासंभव तथ्यात्मक सत्यापन किया गया है, और इस संबंध में प्रकाशक एवं सहयोगी प्रकाशक किसी भी रूप में उत्तरदायी नहीं हैं।

ISBN 9789353491307

मुद्रकः रेप्रो इंडिया लिमिटेड

रचना स्रोत

वैदिक वाणी

यह प्रार्थना विश्व की सबसे पुरानी प्रार्थना है। वैदिक साहित्य, जो संसार के सबसे प्राचीन ग्रंथ हैं, उनमें इसे सर्वश्रेष्ठ माना गया है और सदियों से ऋषि-मुनि और सामान्य जन प्रभु भक्ति के लिए इसे गुनगुनाते आ रहे हैं।

त्वमेव माता च पिता त्वमेव

त्वमेव माता च पिता त्वमेव
त्वमेव बन्धुः च सखा त्वमेव
त्वमेव विद्या द्रविणं त्वमेव
त्वमेव सर्वं मम देवदेव

You are (my) mother and you are (my) father.
You are (my) relative and you are (my) friend.
You are knowledge, you are wealth.
You are everything, you are the (my) god of gods.

तुम्ही हो माता, पिता तुम्ही हो

तुम्ही हो माता, पिता तुम्ही हो, तुम्ही हो बंधु, सखा तुम्ही हो
तुम्ही हो माता, पिता तुम्ही हो, तुम्ही हो बंधु, सखा तुम्ही हो

तुम्ही हो साथी, तुम्ही सहारे, कोई न अपना, सिवा तुम्हारे
तुम्ही हो साथी, तुम्ही सहारे, कोई न अपना, सिवा तुम्हारे
तुम्ही हो नैया, तुम्ही खिवैया, तुम्ही हो बंधु, सखा तुम्ही हो
तुम्ही हो माता, पिता तुम्ही हो, तुम्ही हो बंधु, सखा तुम्ही हो

जो खिल सके न वो फूल हम हैं, तुम्हारे चरणों की धूल हम हैं
जो खिल सके न वो फूल हम हैं, तुम्हारे चरणों की धूल हम हैं
दया की दृष्टि सदा ही रखना, तुम्ही हो बंधु, सखा तुम्ही हो
तुम्ही हो माता, पिता तुम्ही हो, तुम्ही हो बंधु, सखा तुम्ही हो

सुनील दत्त तथा मीना कुमारी अभिनीत वर्ष 1961 में बनी हिन्दी फिल्म 'मैं चुप रहूंगी' में राजेंद्र कृष्ण द्वारा रचित और चित्रगुप्त के संगीत एवं लता मंगेशकर की आवाज में फिल्माया गया यह गीत आज भी बहुत-से विद्यालयों में प्रार्थना के रूप में गाया जाता है...

रचनाकार

गुलज़ार

हिंदी-उर्दू के कवि-शायर तथा गीतकार, फिल्म निर्माता-निर्देशक गुलजार का जन्म 18 अगस्त 1936 को दीना नामक कस्बे में हुआ था, जो कि अब पाकिस्तान में है। उनका बचपन का नाम सम्पूरण सिंह था। गुलजार ने फिल्मों के लिये अनेकों गीत लिखे हैं।

जय हो जय हो जय हो

जय हो जय हो जय हो जय हो
आजा आजा जिंद शामियाने के तले
आजा जरी वाले नीले आसमान के तले
जय हो जय हो जय हो जय हो
आजा आजा जिंद शामियाने के तले
आजा जरी वाले नीले आसमान के तले
जय हो जय हो जय हो जय हो

रत्ती रत्ती सच्ची मैंने जान गंवाई है
नच्च नच्च कोयलों पे रात बिताई है
अंखियों की नींद मैंने फूँकों से उड़ा दी
गिन गिन तारे मैंने उंगली जलाई है
आजा आजा जिंद शामियाने के तले
आजा जरी वाले नीले आसमान के तले
जय हो जय हो जय हो जय हो

चख ले हो चख ले ये रात शहद है चख ले
रख ले हाँ दिल है दिल आखरी हद है रख ले
काला काला काजल तेरा कोई काला जादू है न
काला काला काजल तेरा कोई काला जादू है न

आजा आजा जिंद शामियाने के तले
आजा जरी वाले नीले आसमान के तले
जय हो जय हो जय हो जय हो

कब से हाँ कब से जो लब पे रुकी है कह दे
कह दे हाँ कह दे अब आँख झुकी है कह दे
ऐसी ऐसी रोशन आँखें रोशन दोनों भी है है क्या
आजा आजा जिंद शामियाने के तले
आजा जरी वाले नीले आसमान के तले
जय हो जय हो जय हो जय हो

लोकप्रिय
बाल
गीत

यह गीत 'स्लमडॉग मिलेनियम' फिल्म का है, जिसने ऑस्कर अवॉर्ड जीता है। ए आर रहमान के संगीत से सजे इस गीत को सुखविंदर, तन्वी शाह, महालक्ष्मी अय्यर और प्रकाश विजय ने अपने स्वरों से संवारा है।

रचनाकार

गुलज़ार

हिन्दी सिनेमा में फिलमकार-गीतकार-संवाद लेखक और साहित्यकार गुलजार जैसा व्यक्तित्व रखने वाले अँगुलियों पर गिने जा सकते हैं। सफेद झक कुरता और पायजामा। चेहरे पर मुस्कान और मृदुभाषी। हिन्दी और उर्दू के साफ उच्चारण। एक अलग पहचान है गुलजार साहब की।

जंगल जंगल बात चली है पता चला है

जंगल जंगल बात चली है पता चला है...तु रु तु रु रु रु
जंगल जंगल बात चली है पता चला है... तु रु रु रु रु

अरे चड्डी पहन के फूल खिला है ..फूल खिला है
फूल खिला है
जंगल जंगल पता चला है
चड्डी पहन के फूल खिला है

एक परिंदा है शर्मिंदा..
था वो नंगा (समूह में)
भाई इससे तो अंडे के अन्दर...
था वो चंगा (समूह में)

सोच रहा है बाहर आखिर क्यों निकला है...
तु रु रु रु (समूह में)

अरे चड्डी पहन के फूल खिला है
फूल खिला है (समूह में)

जंगल जंगल पता चला है चड्डी पहन के फूल खिला है
चड्डी पहन के फूल खिला है

लोकप्रिय
बाल
गीत

यह रुडयर्ड किपलिंग की प्रसिद्ध पुस्तक 'द जंगल बुक' के टीवी सीरियल का एक लोकप्रिय गीत है, जो लोगों की जुबान पर आज तक है।

रचनाकार

गुलज़ार

स्कूलों में करायी जाने वाली प्रार्थना 'हम को मन की शक्ति देना दाता', गुलजार का लिखा एक गीत है जो फिल्म गुड्डी से है। बच्चों के लिए लिखी गयी रचनाएँ जितनी गुलजार की सबकी जबाँ पर चढ़ीं शायद ही और कोई लेखक इतनी सरलता से हर नन्हें दिल में अपनी जगह बना पाया हो।

लकड़ी की काठी, काठी पे घोड़ा

लकड़ी की काठी, काठी पे घोड़ा
घोड़े की दुम पे जो मारा हथौड़ा
दौड़ा दौड़ा दौड़ा घोड़ा दुम उठा के दौड़ा

घोड़ा पहुँचा चौक में, चौक में था नाई
घोड़ेजी की नाई ने हजामत जो बनाई
दौड़ा दौड़ा दौड़ा घोड़ा दुम उठा के दौड़ा
लकड़ी की काठी...

घोड़ा था घमण्डी, पहुँचा सब्जी मण्डी
सब्जी मण्डी बरफ पड़ी थी बरफ में लग गई ठंडी
दौड़ा दौड़ा दौड़ा घोड़ा दुम उठा के दौड़ा
लकड़ी की काठी...

घोड़ा अपना तगड़ा है देखो कितनी चरबी है
चलता है महरौली में पर घोड़ा अपना अरबी है
बांह छुड़ा के दौड़ा घोड़ा दुम उठा के दौड़ा
लकड़ी की काठी...

लोकप्रिय
बाल
गीत

यह 'मासूम' फिल्म का प्रसिद्ध गीत है। आर डी बर्मन के संगीत से सजे इस गीत को गौरी बापट और गुरप्रीत कौर ने स्वर देकर अमर बना दिया है।

रचनाकार

शकील
बदायूंनी

3 अगस्त 1916 को उत्तर प्रदेश के बदायूं में जन्मे शकील ने बच्चों के लिए एक से बढ़कर एक गीत लिखे, उनके गीतों को फिल्मी दुनिया में सिल्वर स्क्रीन पर खूब साकार किया गया।

हैप्पी बर्थ डे टू यू
हैप्पी बर्थ डे टू यू

Happy birthday to you
Happy birthday to you

हम भी अगर बच्चे होते
नाम हमारा होता गबलू बबलू
खाने को मिलते लड्डू
और दुनिया कहती :
happy birthday to you
happy birthday to you

कोई लाता गुड़िया, मोटर, रेल
तो कोई लाता फिरकी, लट्टू
कोई चाबी का टट्टू
और दुनिया कहती :
happy birthday to you
happy birthday to you

कितनी प्यारी होती है ये भोली सी उमर
न नौकरी की चिन्ता न रोटी की फिक्र
नन्हे-मुन्ने होते हम तो देते सौ हुक्म
पीछे-पीछे पापा-मम्मी बनके नौकर
चाकलेट, बिस्कुट, टोफी खाते और पीते दुद्दू
और दुनिया कहती :
Happy birthday to you
Happy birthday to you

कैसे-कैसे नखरे करते घरवालों से हम
पल में हँसते पल में रोते करते नाक में दम
अक्कड़-बक्कड़ लुक्का-छुपी कभी छुआ-छू
करते दिन भर हल्ला-गुल्ला दंगा और उधम
और कभी जिद पर अड़ जाते जैसे अड़ियल टट्टू
और दुनिया कहती :
happy birthday to you
happy birthday to you

अब तो है ये हाल के जब से बीता बचपन
माँ से झगड़ा बाप से टक्कर बीवी से अनबन
कोल्हू के हम बैल बने हैं धोबी के गधे
दुनिया भर के डण्डे सर पे खायें दना-दन
बचपन अपना होता तो न करते ढेचूँ-ढेचूँ
और दुनिया कहती :
Happy birthday to you
Happy birthday to you

लोकप्रिय
बाल
गीत

यह गीत 'दूर की आवाज' फिल्म का है। इस सुंदर गीत को विश्वभर में हिन्दी जानने वाले बच्चे आज भी गुनगुनाते रहते हैं।

रचनाकार

शकील बदायूंनी

शकील बदायूंनी के रचित गीतों में ओ दुनिया के रखवाले.., चौदहवीं का चांद हो या आफताब हो..., जरा नजरों से कह दो जी निशाना चूक न जाये.., नन्हा मुन्ना राही हूं देश का सिपाही हूं.. जैसे गीत आज भी लोगों के दिलों दिमाग में कायम हैं। उन्होंने लगभग 90 फिल्मों के लिये गीत लिखे।

दादी-अम्मा, दादी अम्मा मान जाओ

दादी-अम्मा दादी-अम्मा मान जाओ
छोड़ो जी ये गुस्सा जरा हँस के दिखाओ

छोटी-छोटी बातों पे न बिगड़ा करो
गुस्सा हो तो ठण्डा पानी पी लिया करो
खाली-पीली अपना कलेजा न जलाओ
दादी-अम्मा दादी-अम्मा मान जाओ...

दादी तुम्हें हम तो मना के रहेंगे
खाना अपने हाथों से खिला के रहेंगे
चाहे हमें मारो चाहे हमें धमकाओ
दादी-अम्मा दादी-अम्मा मान जाओ...

कहो तो तुम्हारी हम चम्पी कर दें
पियो तो तुम्हारे लिये हुक्का भर दें
हँसी न छुपाओ जरा आँखें तो मिलाओ
दादी-अम्मा दादी-अम्मा मान जाओ...

हमसे जो भूल हुई माफ करो माँ
गले लग जाओ दिल साफ करो माँ
अच्छी सी कहानी कोई हमको सुनाओ
दादी-अम्मा दादी-अम्मा मान जाओ...

लोकप्रिय
बाल
गीत

यह 'घराना' फिल्म का गीत है, जो दशकों से बच्चों के साथ-साथ बड़ों की जुबान पर भी हमेशा रहता है।

रचनाकार

शकील बदायूंनी

शकील बदायूंनी को अपना पहला फिल्म फेयर अवॉर्ड वर्ष 1960 में प्रदर्शित 'चौदहवी का चांद' फिल्म के चौदहवीं का चांद हो या .. गाने के लिये दिया गया था। वर्ष 1961 में फिल्म 'घराना' के गाने हुस्न वाले तेरा.. के लिये भी सर्वश्रेष्ठ गीतकार का फिल्म फेयर पुरस्कार दिया गया।

नन्हा मुन्ना राही हूँ, देश का सिपाही हूँ

नन्हा मुन्ना राही हूँ, देश का सिपाही हूँ
बोलो मेरे संग, जय हिन्द, जय हिन्द, जय हिन्द

रस्ते पे चलूंगा न डर-डर के
चाहे मुझे जीना पड़े मर-मर के
मंजिल से पहले ना लूंगा कहीं दम
आगे ही आगे बढ़ाऊँगा कदम
दाहिने बाएं दाहिने बाएं, थम!
नन्हा मुन्ना राही हूँ, देश का...

धूप में पसीना बहाऊँगा जहाँ
हरे-भरे खेत लहराएंगें वहाँ
धरती पे फाके न पाएंगें जन्म
आगे ही आगे बढ़ाऊँगा कदम

नया है जमाना मेरी नई है डगर
देश को बनाऊँगा मशीनों का नगर
भारत किसी से न रहेगा कम
आगे ही आगे बढ़ाऊँगा कदम

बड़ा हो के देश का सितारा बनूंगा
दुनिया की आँखों का तारा बनूंगा
रखूँगा ऊँचा तिरंगा हरदम
आगे ही आगे बढ़ाऊँगा कदम

शांति की नगरी है मेरा ये वतन
सबको सिखाऊँगा प्यार का चलन
दुनिया में गिरने न दूँगा कहीं बम
आगे ही आगे बढ़ाऊँगा कदम

लोकप्रिय बाल गीत

यह 'सन आफ इंडिया' फिल्म का प्रसिद्ध गीत है। नौशाद के संगीत से सजे इस गीत को शांति माथुर ने स्वर देकर अमर बना दिया है।

रचनाकार

आनंद राज आनंद

आनंद राज आनंद का जन्म 1982 में दिल्ली के एक स्वर्णकार परिवार में हुआ। ये मुख्यतः संगीत निर्देशक हैं और इन्होंने अनेकों फिल्मों को अपने गीत और संगीत से संवारा है।

छोटा बच्चा जान के न कोई आँख दिखाना रे

छोटा बच्चा जान के न कोई आँख दिखाना रे
डुबी डुबी डब डब
अक्ल का कच्चा समझ के हमको न समझाना रे
डुबी डुबी डब डब
भोली सूरत जान के हमसे न टकराना रे
डुबी डुबी डब डब
ना धिन धिन्ना ना धिन धिन्ना नाच नचा देंगे
छोटा बच्चा जान के ...

इक दिन देके दो अठन्नियां माँ बोली जा ले आ धनिया
पैसे देके दुकानदार से मैं बोला बाबू दे दो धनिया
बड़ासा कागज लेकर उसने रख दिया उसमें थोड़ा सा धनिया
मैंने बोला बाबू बनिया कागज बेच रहे या धनिया

कागज रखो बाजू में धनिए को रखो तराजू में
सुन मेरी बात वो रहा न काबू में
क्या बोला
बोला तुझको बताऊं मैं, मैं भी कहां कम था
मैंने भी कह दिया बच्चे को ठगता है शोर मचाऊं मैं
उसके बाद हुआ क्या ये भी तो बतलाना रे
उसके बाद
उसके बाद तो जैसे उसका मर गया नाना रे
बीच बजरिया गाया मैंने जब ये गाना रे
छोटा बच्चा जान के ...

किशन भइया किशन भइया मेरे आम की गुठली गिर गई
आम को खा गुठली न देख आगे चल पीछे न देख
सीधा सीधा चल वरना पाँव में फंस जाएगी रेत
फिर क्या करे ये घर जा के जब माँ ने मारा रे
चुप क्यूं हो गए बोलो ना
सुन रे छोटू सुन रे हरिया माँ होती ममता की नदिया
डांट के हमको खुद भी रोए खाना दे बढ़िया से बढ़िया
माँ को जा के कभी सुनाना न ये गाना रे
छोटा बच्चा जान के ...

लोकप्रिय
बाल
गीत

यह 'मासूम' फिल्म का चर्चित गीत है। आनंदराज आनंद के संगीत से सराबोर इस गीत को जब आदित्य नारायण ने गाया, तो यह एक दिन में ही सारे हिन्दुस्तान में गूंज उठा था।

रचनाकार

प्रेम धवन

प्रसिद्ध गीतकार प्रेम धवन का जन्म 13 जून 1923 को अम्बाला में हुआ, और इन्होंने लाहौर में स्नातक की शिक्षा पूरी की। प्रेम धवन ना केवल गीतकार थे, वरन आपने हिन्दी फिल्मों के लिये कुछ फिल्मों में संगीत दिया, नृत्य निर्देशन किया और अभिनय तक किया।

ऐ मेरे प्यारे वतन ऐ मेरे बिछड़े चमन

ऐ मेरे प्यारे वतन,
ऐ मेरे बिछड़े चमन
तुझ पे दिल कुरबान
तू ही मेरी आरज़ू,
तू ही मेरी आबरू
तू ही मेरी जान
तेरे दामन से जो आए
उन हवाओं को सलाम
चूम लूँ मैं उस जुबाँ को
जिसपे आए तेरा नाम
सबसे प्यारी सुबह तेरी
सबसे रंगी तेरी शाम
तुझ पे दिल कुरबान

माँ का दिल बनके कभी
सीने से लग जाता है तू
और कभी नन्हीं-सी बेटी
बन के याद आता है तू
जितना याद आता है मुझको
उतना तड़पाता है तू
तुझ पे दिल कुरबान

छोड़ कर तेरी जमीं को
दूर आ पहुँचे हैं हम
फिर भी है ये ही तमन्ना
तेरे जर्रों की कसम
हम जहाँ पैदा हुए उस
जगह पे ही निकले दम
तुझ पे दिल कुरबान

यह गीत
'काबुलीवाला'
फिल्म का है।
सलिल चौधरी
के संगीत से
संवरे इस गीत
को मन्ना डे ने
अपने स्वर
देकर अमर
किया है।

रचनाकार

प्रेम धवन

प्रेम धवन ने लाहौर के एफसी कॉलेज से ग्रेजुएशन किया। मशहूर गीतकार साहिर उनके सहपाठी थे और पूर्व प्रधानमंत्री इंद्रकुमार गुजराल सीनियर छात्र। साहिर व प्रेम छात्र यूनियन के सक्रिय कार्यकर्ता रहे। कॉलेज की पत्रिका में प्रेम धवन जमकर गीत लिखते थे।

तुझे सूरज कहूं या चंदा तुझे दीप कहूं या तारा

तुझे सूरज कहूं या चंदा
तुझे दीप कहूं या तारा
मेरा नाम करेगा रौशन
जग में मेरा राज दुलारा

मेरा घर था खाली खाली
छाई थी अजब उदासी
जीवन था सूना सूना
हर आस थी प्यासी प्यासी
तेरे आते ही खुशियों से
भर गया है जीवन सारा
मेरा नाम करेगा रौशन...

मैं कब से तरस रहा था
मेरे आँगन में कोई खेले
नन्ही सी हँसी के बदले
मेरी सारी दुनिया ले ले
तेरे संग झूल रहा है
मेरी बाहों में जग सारा
मेरा नाम करेगा रौशन..

आज उँगली थाम के तेरी
तुझे मैं चलना सिखलाऊँ
कल हाथ पकड़ना मेरा
जब मैं बूढ़ा हो जाऊँ
तू मिला तो मैंने पाया
जीने का नया सहारा
मेरा नाम करेगा रौशन...

मेरे बाद भी इस दुनिया में
जिंदा मेरा नाम रहेगा
जो भी तुझ को देखेगा
तुझे मेरा लाल कहेगा
तेरे रूप में मिल जायेगा
मुझ को जीवन दोबारा
मेरा नाम करेगा रौशन...

यह गीत 'एक फूल दो माली' फिल्म का है। इसे रवि ने संगीतबद्ध किया है और मन्ना डे ने गाया है।

रचनाकार

शैलेंद्र

शंकरदास केसरीलाल शैलेन्द्र हिन्दी के एक प्रमुख गीतकार थे। इनका जन्म 1923 में रावलपिंडी में हुआ था और देहान्त 1966 में मुम्बई में। इन्होंने राज कपूर के साथ बहुत काम किया। बच्चों के लिए भी इन्होंने बहुत से लोकप्रिय गीत लिखे।

नानी तेरी मोरनी को, मोर ले गए

नानी तेरी मोरनी को, मोर ले गए
बाकी जो बचा था, काले चोर ले गए

खाके पीके मोटे होके, चोर बैठे रेल में
चोरों वाला डिब्बा कट कर, पहुँचा सीधे जेल में
नानी तेरी मोरनी को मोर ले गए ...

उन चोरों की खूब खबर ली, मोटे थानेदार ने
मोरों को भी खूब नचाया, जंगल की सरकार ने
नानी तेरी मोरनी को मोर ले गए ...

अच्छी नानी प्यारी नानी, रूसा-रूसी छोड़ दे
जल्दी से एक पैसा दे दे, तू कंजूसी छोड़ दे
नानी तेरी मोरनी को, मोर ले गए ....

लोकप्रिय
बाल
गीत

यह 'मासूम' फिल्म का प्रसिद्ध गीत है, जो भारत के लाखों बच्चों की जुबान पर हर समय रहता है।

रचनाकार

शैलेंद्र

शैलेंद्र जी की सुपुत्री आमला मजूमदार का कहना है कि हम बहुत छोटे थे, जब बाबा गुजर गए और अचानक एक, जैसे overnight एक void सा एक खालीपन सा जैसे छा गया था हमारी जिंदगी में। हमें बाबा के गीतों से बहुत प्रेरणा मिलती है।

नन्हे मुन्ने बच्चे तेरी मुट्ठी में क्या है?

नन्हे मुन्ने बच्चे तेरी मुट्ठी में क्या है
मुट्ठी में है तकदीर हमारी
मुट्ठी में है तकदीर हमारी
हमने किस्मत को बस में किया है

भोली भाली मतवाली आँखों में क्या है
आँखों में झूमे उम्मीदों की दिवाली
आँखों में झूमे उम्मीदों की दिवाली
आने वाली दुनिया का सपना सजा है

नन्हे मुन्ने बच्चे तेरी मुट्ठी में क्या है
भीख में जो मोती मिलेगा लोगे या न लोगे
जिन्दगी के आंसुओं का बोलो क्या करोगे

भीख में जो मोती मिले तो भी हम न लेंगे
जिन्दगी के आंसुओं की माला पहनेंगे
मुश्किलों से लड़ते फिरते जीने में मजा है

नन्हे मुन्ने बच्चे तेरी मुट्ठी में क्या है...
हमसे न छुपाओ बच्चो हमें तो बताओ
आने वाली दुनिया कैसी होगी समझाओ

आने वाली दुनिया में सब के सर पे ताज हो
न भूखों की भीड़ होगी, न दुखों का राज हो
बदलेगा जमाना यह सितारों पे लिखा है

नन्हे मुन्ने बच्चे तेरी मुट्ठी में क्या है?

यह 'बूट पॉलिस' फिल्म का गीत है। इसे शंकर जयकिशन ने संगीतबद्ध किया है और आशा भोंसले ने स्वरों से अमर बनाया है।

रचनाकार

शैलेंद्र

फिल्मों में गीत लिखने से पहले देश की आज़ादी की लड़ाई में योगदान देने का शैलेंद्र का एक अलग ही तरीका रहा है। वे उस समय देशभक्ति से सराबोर वीररस की कविताएँ लिखा करते थे और उन्हें उत्साह के साथ सुनाकर सुनने वालों में जोश भरा करते थे।

चुन चुन करती आई चिड़िया
दाल का दाना लाई चिड़िया

चुन चुन करती आई चिड़िया
दाल का दाना लाई चिड़िया
मोर भी आया कौवा भी आया
चूहा भी आया बन्दर भी आया
(खौं, खौं, खौं खौं खौं)
चुन चुन करती आई चिड़िया

भूख लगे तो चिड़िया रानी
मूँग की दाल पकाएगी, दाल पकाएगी...
कौवा रोटी लाएगा लाके उसे खिलाएगा
मोर भी आया कौवा भी आया
चूहा भी आया बन्दर भी आया
(खौं, खौं, खौं खौं खौं)

चुन चुन करती आई चिड़िया

चलते चलते मिलेगा भालू
हम बोलेंगे नाचो कालू, नाचो कालू...
मुन्ना ढोल बजाएगा, भालू नाच दिखाएगा
मोर भी आया कौवा भी आया
चूहा गी आया बन्दर भी आया
(खौं, खौं, खौं खौं खौं)
चुन चुन करती आई चिड़िया

साथ हमारे चले बराती
मैं तो हूँ मुन्ने का हाथी, मुन्ने का हाथी
सीधे दिल्ली जाऊँगा तेरी दुल्हनिया लाऊँगा
मोर भी आया कौवा भी आया
चूहा भी आया बन्दर भी आया
(खौं, खौं, खौं खौं खौं)
चुन चुन करती आई चिड़िया

लोकप्रिय
बाल
गीत

यह 'अब दिल्ली दूर नहीं' फिल्म का प्रसिद्ध गीत है, दत्ताराम के संगीत से संवरे इस गीत को मोहम्मद रफी ने गाया था।

रचनाकार

शैलेंद्र

हिन्दी फिल्मों में शैलेंद्र और शंकर-जयकिशन की जोड़ी ने कई अद्भुत गीत दिये हैं। शैलेंद्र तो आसान शब्दों में अपनी बात कहने के लिये मशहूर रहे हैं। उन्होंने बहुत ही कम क्लिष्ट शब्दों का उपयोग किया और जब धुनों पर लिखा तो बेहद सरल शब्दों में अपना संदेश सुना दिया।

चक्के पे चक्का, चक्के पे गाड़ी

चक्के में चक्का, चक्के पे गाड़ी,
गाड़ी में निकली, अपनी सवारी
थोड़ा अगाड़ी थोड़ा पिछाड़ी
थोड़ा अगाड़ी थोड़ा पिछाड़ी

चुन्नू छबीले मुन्नू हठीले
मखमल की टोपी छोटू रंगीले
लालू बटाटा लाली टमाटा
कम बनेंगे गट्टू गठीले
पेट में इनकी लम्बी सी दाढ़ी
चक्के में...

उमर में कच्चे ये छोटे बच्चे
हैं भोले भाले हैं सीधे सच्चे

ठानेंगे जो भी कर के रहेंगे
ये अपनी धुन के हैं पूरे पक्के
कोई ना समझे इनको अनाड़ी,
चक्के में ...

लम्बा सफर है टेढ़ी डगर है
मंजिल है मुश्किल गिरने का डर है
पर ना रुकेंगे चलते चलेंगे
ये सारी दुनिया अब अपना घर है
हार न मानेंगे ये खिलाड़ी,
चक्के में...

यह गीत 'ब्रह्मचारी' फिल्म का है। शंकर जयकिशन ने इसे संगीतबद्ध किया है और मोहम्मद रफी ने गाया है।

रचनाकार

शैलेंद्र

शैलेंद्र के गीत स्तरीयता एवं लोकप्रियता के अद्भुत दस्तावेज हैं। भाव एवं शिल्प की दृष्टि से कालजयी गीतों की रचना करने के कारण ही ही आँचलिक उपन्यासों के पुरोधा फणीश्वर नाथ रेणु ने उन्हें कविराज की उपाधि से अलंकृत किया था।

तू प्यार का सागर है, तेरी इक बूंद के प्यासे हम

तू प्यार का सागर है,
तेरी इक बूंद के प्यासे हम

लौटा जो दिया तूने,
चले जाएंगे जहां से हम,
तू प्यार का सागर है,
तेरी इक बूंद के प्यासे हम,
तू प्यार का सागर है,

घायल मन का पागल पंछी,
उड़ने को बेकरार,
पंख है कोमल आंख धुंधली
जाना है सागर पार,
अब तू ही इसे समझा,

राह भूले थे कहाँ से हम,
तू प्यार का सागर है,
तेरी इक बूंद के प्यासे हम,
तू प्यार का सागर है,

इधर झूम के गाये जिंदगी,
उधर है मौत खड़ी,
कोई क्या जाने कहाँ है सीमा
उलझन आन पड़ी,
कानों में जरा कह दे,
कि आये कौन दिशा से हम,
तू प्यार का सागर है,
तेरी इक बूंद के प्यासे हम,
तू प्यार का सागर है।

लोकप्रिय
बाल
गीत

यह गीत 'सीमा' फिल्म का है। शंकर जयकिशन के संगीत से सजे इस गीत को मन्ना डे ने गाया है।

रचनाकार

हसरत जयपुरी

हसरत जयपुरी का मूल नाम इकबाल हुसैन है। 15 अप्रैल 1918 में जयपुर, राजस्थान में जन्मे जयपुरी की अब्शारे गजल प्रसिद्ध रचना है। इनका निधन 17 सितम्बर 1999 को हुआ।

सुन लो सुनाता हूँ तुमको कहानी

सुन लो सुनाता हूँ तुमको कहानी
रूठो ना हमसे ओ गुड़ियों की रानी
रे मामा रे मामा रे...

हम तो गए बाजार में लेने को आलू
आलू वालू कुछ न मिला पीछे पड़ा भालू
रे मामा रे मामा रे...

हम तो गए बाजार में लेने को लड्डू
लड्डू वड्डू कुछ न मिला पीछे पड़ा टट्टू
रे मामा रे मामा रे...

हम तो गए बाजार में लेने को रोटी
रोटी वोटी कुछ न मिली पीछे पड़ी मोटी
रे मामा रे मामा रे...

यह 'अंदाज' फिल्म का गीत है। शंकर जयकिशन के संगीत से सजे इस गीत को मोहम्मद रफी ने अपनी आवाज दी है।

रचनाकार

हसरत जयपुरी

अपने लंबे फिल्मी कॅरियर में हसरत ने करीब 350 फिल्मों में गीत लिखे। उनके रिकॉर्ड किए गानों की फेहरिस्त लगभग 2000की बनती है। उन्हें हिंदुस्तान, पाकिस्तान और उन मुल्कों में जहाँ हिन्दी प्रेमी रहते हैं श्रोताओं का अपार प्यार मिला।

क्या नाम है तुम्हारा तुम किधर से आई

क्या नाम है तुम्हारा
तुम किधर से आई हो, बोलो ना, बोलो बोलो

कौन हूँ मैं, क्या नाम है मेरा, मैं कहाँ से आई हूँ
मैं परियों की शहजादी, मैं आसमान से आई हूँ...

न जापानी गुड़िया हूँ न मैं बंगाल का जादू हूँ
ढूँढ़ रहे हो सब जिसको मैं वही तुम्हारी खुशबू हूँ
उड़कर सीधी मैं जन्नत के गुल्सितां से आई हूँ
मैं परियों की शहजादी ...

खान चाचा और चौबे दादा आपस मे क्यूँ लड़ते हो
मैंने उनको देखा है तुम जिनकी किताबें पढ़ते हो
राम रहीम वहीं रहते हैं, मैं जहाँ से आई हूँ
मैं परियों की शहजादी ...

इक दिन मैंने देखा सोते स्वर्ग के पेहरेदारों को
तोता मैना वाली कहानी होगी याद हजारों को
मैं उस तोता मैना वाली दास्तां से आई हूँ
मैं परियों की शहजादी ...

लोकप्रिय
बाल
गीत

यह गीत 'दर्द का रिश्ता' फिल्म का है। इसे देश के गाँवों में भी ध्यान लगाकर हर आयु के लोगों को सुनते हुए देखा जा सकता है।

रचनाकार

हसरत जयपुरी

हसरत जयपुरी को दो बार फिल्म फेयर पुरस्कार से सम्मानित किया गया है। उन्हें पहला फिल्म फेयर पुरस्कार वर्ष 1966 में फिल्म 'सूरज' के गीत बहारों फूल बरसाओ, के लिए दिया गया। 1971 मे फिल्म अंदाज में जिंदगी एक सफर है सुहाना गीत के लिए भी वह सर्वश्रेष्ठ गीतकार चुने गए।

इचक दाना बिचक दाना दाने ऊपर दाना

इचक दाना बिचक दाना दाने ऊपर दाना....
इचक दाना
छज्जे ऊपर लड़की नाचे, लड़का है दीवाना...
इचक दाना
बोलो क्यूँ? 'अनार'।
इचक दाना...

हरी थी अमन भरी थी लाख मोती जड़ी थी
राजा जी के बाग में दुशाला ओढ़े खड़ी थी।
कच्चे पक्के बाल है उसके मुखड़ा है सुहाना...
इचक दाना
बोलो क्या? 'भुट्टा'!
इचक दाना...

छोटी-सी छोकरी लालबाई नाम है
पहने वो घगरा एक पैसा दाम है
मुंह में सबके आग लगाये आता है रुलाना, इचक दाना
बोलो क्या? बोलो बोलो 'मिर्ची'।
इचक दाना ...

एक जानवर ऐसा जिसकी दुम पर पैसा
सर पे है ताज भी बादशाह के जैसा
बादल देखे छम छम नाचे अलबेला मस्ताना, इचक दाना
बोलो क्या? बोलो ना ! 'मोर'
इचक दाना...

चले वो चलके दिल में समाया
खा पी गया वो किया है सफाया
तुम भी देखो बच कर रहना चक्कर में ना आया।
इचक दाना...
बोलो क्या? 'गम-नहीं हम'
इचक दाना...

लोकप्रिय
बाल
गीत

यह गीत 'श्री चार सौ बीस' फिल्म का है। शंकर जयकिशन के संगीत से संवरे इस गीत को आशा ने अपने साथियों के साथ गाया है।

रचनाकार

साहिर लुधियानवी

साहिर लुधियानवी का असली नाम अब्दुल हयी साहिर है। उनका जन्म 8 मार्च 1921 में लुधियाना के एक जागीरदार घराने में हुआ था। साहिर की शिक्षा लुधियाना के खालसा हाई स्कूल में हुई। इन्हें मुंबई में कड़ा संघर्ष करना पड़ा, लेकिन कभी पीछे नहीं हटे।

मेरे घर आई एक नन्ही परी

मेरे घर आई एक नन्ही परी
चाँदनी के हसीन रथ पे सवार
मेरे घर आई..

उसकी बातों में शहद जैसी मिठास
उसकी सांसों में इतर की महकास
होंठ जैसे के भीगे-भीगे गुलाब
गाल जैसे के बहके-बहके अनार
मेरे घर आई ...

उसके आने से मेरे आंगन में
खिल उठे फूल गुनगुनायी बहार
देख कर उसको जी नहीं भरता
चाहे देखूँ उसे हजारों बार
मेरे घर आई ...

मैंने पूछा उसे कि कौन है तू
हँसके बोली कि मैं हूँ तेरा प्यार
मैं तेरे दिल में थी हमेशा से
घर में आई हूँ आज पहली बार
मेरे घर आई ...

लोकप्रिय
बाल
गीत

यह 'कभी-कभी' फिल्म का एक लोकप्रिय गीत है। उमर खय्याम के संगीत से सजे इस गीत को लता दीदी ने गाया है।

रचनाकार

साहिर लुधियानवी

फिल्म 'आज़ादी की राह पर' (1949) के लिये साहिर ने पहली बार गीत लिखे किन्तु प्रसिद्धि उन्हें फिल्म नौजवान, जिसके संगीतकार सचिनदेव बर्मन थे, के लिये लिखे गीतों से मिली। फिल्म नौजवान का गाना ठंडी हवायें लहरा के आयें ..... बहुत लोकप्रिय हुआ।

बच्चे मन के सच्चे, सारी जग के आँख के तारे

बच्चे मन के सच्चे
सारी जग के आँख के तारे
ये वो नन्हे फूल हैं जो
भगवान को लगते प्यारे

खुद रूठे, खुद मन जाये, फिर हमजोली बन जाये
झगड़ा जिसके साथ करें, अगले ही पल फिर बात करें
इनका किसी से बैर नहीं, इनके लिये कोई गैर नहीं
इनका भोलापन मिलता है, सबको बाँह पसारे
बच्चे मन के सच्चे ...

इनसान जब तक बच्चा है, तब तक समझ का कच्चा है
ज्यों ज्यों उसकी उमर बढ़े, मन पर झूठ का मैल चढ़े
क्रोध बढ़े, नफरत घेरे, लालच की आदत घेरे

बचपन इन पापों से हटकर अपनी उमर गुजारे
बच्चे मन के सच्चे ...

तन कोमल मन सुन्दर हैं, बच्चे बड़ों से बेहतर
इनमें छूत और छात नहीं, झूठी जात और पात नहीं
भाषा की तकरार नहीं, मजहब की दीवार नहीं
इनकी नजरों में एक हैं, मन्दिर मस्जिद गुरुद्वारे
बच्चे मन के सच्चे ...

यह गीत 'दो कलियां' फिल्म का है, जिसे रवि ने संगीतबद्ध किया है और लता जी ने गाया है।

रचनाकार

मजरूह सुल्तानपुरी

मजरूह सुल्तानपुरी हिन्दी फिल्मों के एक प्रसिद्ध गीतकार थे। इनका जन्म 1 अक्टूबर 1919 को सुल्तानपुर, उत्तर प्रदेश में हुआ। इन्हें 1964 में दोस्ती फिल्म के गीतों के लिये फिल्मफेयर पुरस्कार से सम्मानित किया गया।

गुड़िया हमसे रूठी रहोगी, कब तक न हँसोगी

गुड़िया, हमसे रूठी रहोगी
कब तक, न हँसोगी
देखो जी, किरन सी लहराई
आई रे आई रे हँसी आई
गुड़िया ...

झुकी-झुकी पलकों में आ के
देखो गुपचुप आँखों से झाँके
तुम्हारी हँसी
फिर भी, अँखियाँ बंद करोगी
गुड़िया ...

अभी-अभी आँखों से छलके
कुछ-कुछ होंठों पे झलके
तुम्हारी हँसी
फिर भी, मुख पे हाथ धरोगी
गुड़िया ...

लोकप्रिय
बाल
गीत

यह गीत 'दोस्ती' फिल्म का है। राग पहाड़ी पर आधारित इस गीत को लक्ष्मीकांत प्यारे ने संगीत दिया है और लता दीदी ने इसे अपने स्वरों से अमर कर दिया है।

रचनाकार

प्रसून जोशी

16 सितंबर 1971 को उत्तराखंड की देवभूमि पर जन्मे प्रसून जोशी प्रख्यात लेखक एवं गीतकार हैं। इन्होंने कम उम्र में ही फिल्म फेयर अवार्ड जीतकर इतिहास रचा है और कई लोकप्रिय गीत दिए हैं। इन्होंने कई पुस्तकें भी लिखी हैं।

मैं कभी बतलाता नहीं, पर अंधेरे से डरता हूं मैं मां

मैं कभी बतलाता नहीं,
पर अंधेरे से डरता हूं मैं मां...
यूं तो मैं, दिखलाता नहीं,
तेरी परवाह करता हूं मैं मां...
तुझे सब है पता, है न मां,
तुझे सब है पता, मेरी मां...

भीड़ में यूं न छोड़ो मुझे,
घर लौट के भी आ न पाऊं मां...
भेज न इतना दूर मुझको तू,
याद भी तुझको आ न पाऊं मां...
क्या इतना बुरा, हूं मैं मां...
क्या इतना बुरा, मेरी मां...

जब भी कभी पापा मुझे,
जोर जोर से झूला झुलाते हैं मां
मेरी नजर ढूंढ़े तुझे,
सोचूं यही तू आके थामेगी मां
उनसे मैं यह कहता नहीं,
पर मैं सहम जाता हूं मां
चेहरे पे आने देता नहीं,
दिल ही दिल में घबराता हूं मां
तुझे सब है पता, है न मां,
तुझे सब है पता, मेरी मां

मैं कभी बतलाता नहीं,
पर अंधेरे से डरता हूं मैं मां...
यूं तो मैं, दिखलाता नहीं,
तेरी परवाह करता हूं मैं मां...
तुझे सब है पता, है न मां,
तुझे सब है पता, मेरी मां...

लोकप्रिय बाल गीत

यह गीत 'तारे जमीं पर' का है। शंकर महादेवन, एहसान नूरानी, लॉय मेन्डोन्का के संयुक्त संगीत से सजे इस गीत को शंकर महादेवन ने अपनी आवाज से अमर किया है।

रचनाकार

भरत व्यास

5 जनवरी 1917 को राजस्थान के चूरू जिले में एक ब्राह्मण व्यास परिवार में जन्मे भरत व्यास का बचपन कठिनाइयों में बीता। उन्हें कविताएँ लिखने का शौक बचपन से ही था। बी. कॉम. तक शिक्षा प्राप्त कर वे नौकरी करने लगे। और बाद में मुंबई चले गए।

ऐ मालिक तेरे बंदे हम ऐसे हो हमारे करम

ऐ मालिक तेरे बंदे हम
ऐ मालिक तेरे बंदे हम
ऐसे हो हमारे करम
नेकी पर चलें
और बदी से टलें
ताकि हंसते हुये निकले दम
ऐ मालिक तेरे बंदे हम

जब जुलमों का हो सामना
तब तू ही हमें थामना
वो बुराई करें
हम भलाई भरें
नहीं बदले की हो कामना
बढ़ उठे प्यार का हर कदम

और मिटे बैर का ये भरम
ऐ मालिक तेरे बंदे हम

ये अंधेरा घना छा रहा
तेरा इनसान घबरा रहा
हो रहा बेखबर
कुछ न आता नजर
सुख का सूरज छिपा जा रहा
है तेरी रोशनी में वो दम
जो अमावस को कर दे पूनम
ऐ मालिक तेरे बंदे हम

बड़ा कमजोर है आदमी
अभी लाखों हैं इसमें कमीं
पर तू जो खड़ा
है दयालू बड़ा
तेरी कृपा से धरती थमी
दिया तूने हमें जब जनम
तू ही झेलेगा हम सबके गम
ऐ मालिक तेरे बंदे हम

यह गीत 'दो आंखें बारह हाथ' फिल्म का है। इसे वसंत देसाई ने संगीतबद्ध किया और लता दीदी ने इसे अपने स्वरों से अमर बनाया है।

रचनाकार

आनंद बख्शी

लोकप्रिय कवि और फिल्मी गीतकार आनन्द बख्शी का जन्म 21 जुलाई 1930 को रावलपिंडी में हुआ था। उन्होंने एक से बढ़कर एक लोकप्रिय गीत दिए, जो आज तक यादगार हैं और लोग जिन्हें गुनगुनाते रहते हैं। उनकी मृत्यु 30 मार्च 2002 को मुंबई में हुई।

एक कहानी सुनाता हूँ मैं

आओ बच्चो आज तुम्हें एक कहानी सुनाता हूँ मैं
शेर की कहानी सुनोगे

मेरे पास आओ मेरे दोस्तो एक किस्सा सुनो
कई साल पहले की ये बात है
भयानक अंधेरी सियाह रात में
लिये अपनी बन्दूक मैं हाथ में
घने जंगलों से गुजरता हुआ कहीं जा रहा था
जा रहा था, नहीं आ रहा था, नहीं जा रहा था

ओफ ओ आगे भी तो बोलो ना

बताता हूँ बताता हूँ
नहीं भूलती उफ्फ वो जंगल की रात
मुझे याद है वो थी मंगल की रात
चला जा रहा था मैं डरता हुआ

हनुमान चालीसा पढ़ता हुआ
बोलो हनुमान की जय, जय बजरंग बली की जय
घड़ी थी अन्धेरा मगर सख्त था
कोई दस सवा दस का बस वक्त था
लरजता था कोयल की भी कूक से
बुरा हाल हुआ उस पे भूख से
लगा तोड़ने एक बेरी से बेर
मेरे सामने आ गया एक शेर
जो घिघ्घी बँधी नजर फिर गई
तो बन्दूक भी हाथ से गिर गई
मैं लपका वो झपका, मैं ऊपर वो नीचे
वो आगे मैं पीछे, मैं पेड़ पे वो पीछे
अरे बचाओ-अरे बचाओ
मैं डाल-डाल वो पात-पात
मैं पसीना वो बाग-बाग
मैं सुर में वो ताल में
ये जंगल पाताल में
बचाओ बचाओ
अरे भागो रे भागो
अरे भागो

फिर क्या हुआ?

खुदा की कसम मजा आ गया
मुझे मार कर बेसरम खा गया

खा गया? लेकिन आप तो जिन्दा हैं

लोकप्रिय
बाल
गीत

यह गीत 'मिस्टर नटवरलाल' फिल्म का है। जब सिल्वर स्क्रीन पर इस गीत को गाते हुए अमिताभ बच्चन दिखाई देते हैं, तो हर आयु वर्ग के दर्शक बच्चे बनकर झूम उठते हैं।

रचनाकार

आनंद
बख्शी

आनंद बख्शी ने एक यही सपना देखा था कि बम्बई जाकर पार्श्व (प्लेबैक) गायक बनना है। इसी सपने के पीछे दौड़ते-भागते वे बम्बई आ गये और उन्होंने आजीविका के लिए जलसेना (नेवी), कंराची के लिए नौकरी की, लेकिन बाद में उसे छोड़ दिया।

गुड़िया रानी बिटिया रानी, परियो की इक नगरी से

गुड़िया रानी बिटिया रानी
परियों की नगरी से इक दिन
राजकुंवर जी आएंगे
महलों में ले जाएंगे
गुड़िया रानी बिटिया रानी ...

आगे पीछे घोड़े हाथी
बीच में होंगे सौ बाराती
कितनी आज अकेली है
तू तेरे कितने होंगे साथी
मैं खुश मेरी आँख में पानी
गुड़िया रानी बिटिया रानी ...

तू मेरी छोटी सी गुड़िया,
बन जाएगी जादू की पुड़िया
तुझपे आ जाएगी जवानी
मैं तो हो जाऊँगी बुढ़िया
भूल ना जाना प्रीत पुरानी
गुड़िया रानी बिटिया रानी...

लोकप्रिय
बाल
गीत

यह गीत 'लम्हे' फिलम का है। बच्चों और उनके माता-पिता एवं अभिभावकों में यह समान रूप से लोकप्रिय है।

रचनाकार

आनंद
बख्शी

भारत और पाकिस्तान के बंटवारे के दौरान आनंद बख्शी पाकिस्तान से लखनऊ में अपने घर आ गये। यहां वह टेलीफोन आपरेटर का काम कर तो रहे थे, लेकिन गायक बनने का सपना उनकी आँखों से कोहरे की तरह छँटा नहीं और वह एक बार फिर बम्बई को निकल पड़े।

चंदा है तू , मेरा सूरज है

चंदा है तू , मेरा सूरज है तू
ओ मेरी आँखों का तारा है तू
जीती हूँ मैं बस तुझे देखकर
इस टूटे दिल का सहारा है तू

तू खेले खेल कई, मेरा खिलोना है तू
जिससे बँधी हर आशा मेरी
मेरा वो सपना सलोना है तू
नन्हा सा है कितना सुंदर है तू
छोटा सा है कितना प्यारा है तू
चंदा है तू , मेरा सूरज है तू

मुन्ने तू खुश है बड़ा,
तेरे गुड्डे की शादी है आज
मैं वारी रे मैं बलिहारी रे
घूँघट में गुड़िया को आती है लाज

यूँ ही कभी होगी शादी तेरी
दूल्हा बनेगा कुंवारा है तू
चंदा है तू , मेरा सूरज है तू

पुर्वाई वन में उड़े, पंछी चमन में उड़े
राम करे कभी हो के बड़ा
तू बनके बादल गगन में उड़े
जो भी तुझे देखे वो ये कहे
किस माँ का ऐसा दुलारा है तू
चंदा है तू , मेरा सूरज है तू

यह गीत 'आराधना' फिल्म का है। सचिन देव बर्मन के संगीत से सजे इस गीत को लता मंगेशकर ने गाया है।

रचनाकार

आनंद
बख्शी

मुंबई आकर आनंद जी की भेंट भगवान दादा से हुई, जो फिल्म 'बड़ा आदमी' (1956) के लिए गीतकार ढूंढ़ रहे थे और उन्होंने आनन्द बख्शी से कहा कि वह उनकी फिल्म के लिए गीत लिख दें, पर मुंबई में गीत लिखना भी इनता आसान नहीं था। यहां उन्हें कड़ा संघर्ष करना पड़ा।

तू कितनी अच्छी है, तू कितनी भोली है

तू कितनी अच्छी है तू कितनी भोली है
प्यारी-प्यारी है ओ माँ ओ माँ
ये जो दुनिया है, ये बन है काँटों का
तू फुलवारी है ओ माँ ओ माँ
तू कितनी अच्छी...

दूखन लागीं माँ तेरी अँखियाँ
मेरे लिए जागी है तू सारी-सारी रतियाँ
मेरी निंदिया पे अपनी निंदिया भी तूने वारी है
ओ माँ ओ माँ
तू कितनी अच्छी...

अपना नहीं तुझे सुख-दुख कोई
मैं मुस्काया तू मुस्काई मैं रोया तू रोई
मेरे हँसने पे मेरे रोने पे तू बलिहारी है

ओ माँ ओ माँ
तू कितनी अच्छी...

माँ बच्चों की जाँ होती है
वो होते हैं किस्मत वाले जिनकी माँ होती है
कितनी सुन्दर है कितनी सुशील है न्यारी-न्यारी है
ओ माँ ओ माँ
तू कितनी अच्छी...

लोकप्रिय
बाल
गीत

यह गीत 'राजा और रंक' फिल्म का है। इसे संगीतबद्ध लक्ष्मीकांत प्यारेलाल ने किया है और लता मंगेशकर ने अपने स्वरों से सजाया है।

रचनाकार

आनंद
बख्शी

'परदेसियों से न अँखियाँ मिलाना' और 'यह समा है प्यार का' जैसे लाजवाब गीतों ने आनंद बख्शी को बहुत लोकप्रिय बनाया। इसके बाद फिल्म 'मिलन' (1967) में उन्होंने जो गीत लिखे, उसके बाद तो वह गीतकारों की श्रेणी में सबसे ऊपर आ गये।

पढ़ लिख के बड़ा होके तू एक किताब लिखना

पढ़-लिख के बड़ा हो के तू एक किताब लिखना
अपने सवालों का तू खुद ही जवाब लिखना

आ आ आ

हाथों से जिनका दामन एक दिन है छूट जाना
तारों के डूबते ही जिनको है टूट जाना
ये आँखें देखती हैं क्यूँ ऐसे ख्वाब लिखना
अपने सवालों का तू खुद ही जवाब लिखना

हा आ आ

मैंने तो प्यार को ही मजहब बना लिया है
इस दिल को दिल की दुनिया का रब बना लिया है

ईमान हो गया क्या मेरा खराब लिखना
अपने सवालों का तू खुद ही जवाब लिखना
हा आ आ

कहते हैं लोग उनकी रसमों को मैंने तोड़ा
ये फैसला भी मैंने तेरी समझ पे छोड़ा
मेरी खताओं का तू पूरा हिसाब लिखना

यह गीत 'जख्म' फिल्म का है। इसे एम एम करीम ने संगीतबद्ध किया है एवं अलका याज्ञनिक ने अपने स्वरों से सजाया है।

रचनाकार

प्रदीप शर्मा

कवि प्रदीप का जन्म 6 फरवरी 1915 को हुआ था। उनका मूल नाम रामचंद्र द्विवेदी था। कवि प्रदीप 'ऐ मेरे वतन के लोगों' सरीखे देशभक्ति गीतों के लिए जाने जाते हैं। कवि प्रदीप की पहचान 1940 में रिलीज हुई फिल्म 'बंधन' से बनी।

दे दी हमें आज़ादी, बिना खड्ग बिना ढाल

दे दी हमें आजादी बिना खड्ग बिना ढाल
साबरमती के संत तूने कर दिया कमाल
आंधी में भी जलती रही गांधी तेरी मशाल
साबरमती के संत तूने कर दिया कमाल

धरती पे लड़ी तूने अजब ढंग की लड़ाई
दागी न कहीं तोप न बंदूक चलाई
दुश्मन के किले पर भी न की तूने चढ़ाई
वाह रे फकीर खूब करामात दिखाई
चुटकी में दुश्मनों को दिया देश से निकाल
साबरमती के संत तूने कर दिया कमाल
रघुपति राघव राजा राम

शतरंज बिछा कर यहाँ बैठा था जमाना

लगता था कि मुश्किल है फिरंगी को हराना
टक्कर थी बड़े जोर की दुश्मन भी था दाना
पर तू भी था बापू बड़ा उस्ताद पुराना
मारा वो कस के दांव कि उल्टी सभी की चाल
साबरमती के संत तूने कर दिया कमाल
रघुपति राघव राजा राम

जब जब तेरा बिगुल बजा जवान चल पड़े
मजदूर चल पड़े थे और किसान चल पड़े
हिन्दू मुसलमान सिख पठान चल पड़े
कदमों पे तेरे कोटि कोटि प्राण चल पड़े
फूलों की सेज छोड़ के दौड़े जवाहरलाल
साबरमती के संत तूने कर दिया कमाल
रघुपति राघव राजा राम

मन में थी अहिंसा की लगन तन पे लंगोटी
लाखों में घूमता था लिये सत्य की सोंटी
वैसे तो देखने में थी हस्ती तेरी छोटी
लेकिन तुझे झुकती थी हिमालय की भी चोटी
दुनिया में तू बेजोड़ था इंसान बेमिसाल
साबरमती के संत तूने कर दिया कमाल
रघुपति राघव राजा राम

जग में कोई जिया है तो बापू तू ही जिया
तूने वतन की राह में सबकुछ लुटा दिया

यह गीत 'जागृति' फिल्म का है, जो अत्यंत ही लोकप्रिय है। हेमंत कुमार के संगीत से सजे इस गीत को लता मंगेशकर ने गाया है।

मांगा न कोई तख्त न तो ताज ही लिया
अमृत दिया सभी को मगर खुद जहर पिया
जिस दिन तेरी चिता जली रोया था महाकाल
साबरमती के संत तूने कर दिया कमाल
रघुपति राघव राजा राम

□□□